KB142859

미래의 하양

안현미

엄헬레나에게

시인의 말

　이곳에 살기 위하여 탁구를 칩니다. 주고, 받고, 받고, 주고, 단순하고 정직한 게 마음에 듭니다. 승부를 가르면 대부분 지지만 가끔 이기는 때도 있습니다. 그렇습니다. 탁구공도 지구도 둥글고 둥근 것들은 예상 밖이고 예상 밖은 가끔 몹시 아름다운 때도 있습니다. 그렇습니다. 이제는 고아는 아니었지만 고아 같았던 시절마저도 끝장나 버린 이곳을 미워하지 않기 위해 아니 정확하게 미워하기 위해 시를 쓰고 탁구를 칩니다.

2024년 여름
안현미

미래의 하양

차례

2부 괴로워도 괴로웠다

3부 매달려 있다, 삶에

4부 이생이 나에게 탁구공을 던졌다

해설

1부

그것밖에 없어도 그러하듯이

탁구

　　K가 돌아온 밤은 까마귀보다 검었다 우리는 그날 밤 탁구를 치고 있었기에 그가 데리고 온 밤의 검정과 탁구공의 하양은 꽤 근사하게 어울렸다 주고받는다 받기 위해 준다 주기 위해 받는다 그것밖에 없다 그것밖에 없어서 즐겁다 사랑하고 사랑받는다 사랑받기 위해 사랑한다 사랑하기 위해 사랑받는다 헛소리 같지만 그것밖에 없다 튀어 오르고 튕겨 나간 건 끝까지 갔다가 돌아오지 않는 공 같은 것 아무튼 K는 돌아왔고 그가 데리고 온 밤은 까마귀보다 검었고 헛소리 같지만 방금 막 도착한 자정을 향해 튀어 오른 탁구공은 미래로 날아가고 있었다 그것밖에 없어도 그러하듯이

귀래

아무래도 좋은 것이다 깊은 밤 불 꺼진 집으로 돌아
와 물을 끓이는 일처럼 황막하고 황홀한 것이다 생이 뭔
지 도통 모르겠는 여자가 하루에도 수없이 지었다 부수
는 지옥처럼 폐사지 돌 밑 텅 빈 검은 흙처럼 천 년 동안
살아온 느티나무의 침묵처럼 그 위로 떠오르는 보름달
처럼 미지의 어둠을 향해 두 손을 모으고 울고 싶은 여
자처럼

아무래도 좋은 것이다 폐교 앞에서 만난 아기 고양이
의 미래처럼 황홀하고 황막한 것이다 살아질 것이다 살
아질 것이다 죽음 앞에서도 죽음이 뭔지 도통 모르겠는
여자가 하루에도 수없이 지껄이는 주문처럼 누군가 다
녀간 폐사지 돌 위 텅 빈 허공처럼 휴대한 줄도 모르고
휴대하고 다니는 죽음처럼 돌아올 수 없는 사람들을 데
리고 자꾸자꾸 돌아오는 보름달처럼

사과술

한때 시간만이 신이라는 생각으로 하루하루를 버티
며 어떻게든 흘러가리라 이 침묵도 종내에는 나와 함께
시간 밖으로 날아가리란 믿음의 신도로 어떤 밤엔 술에
취해 잠들고 어떤 밤엔 술을 담그다 잠들었다 어떻게든
흘러가리라 그것이 딱 내 수준이었지만 내 수준을 부끄
러워한 적은 없고 부끄러워하며 죽지도 않을 계획이다
시간은 신에게로 날아간다 더 이상 젊지 않은 신에게로
쿵, 쿵, 쿵 코끼리 발걸음만큼 무거운 봄이 오고 있다 어
떤 봄엔 술에 취해 잠들고 어떤 봄엔 술을 담그다 잠든
다 더 이상 사과가 아닌 사과를

주천강 옆 겨울

삶이 흘러가고 있었다 안과 밖이 자리를 바꾸고 있었다 어디선가 눈먼 물고기들의 웃음소리가 들려오고 꼬리에 꼬리를 문 질문과 의문이 헤엄치고 있었다 그림자들이 그림자를 벗고 겨울 강 속으로 입장하고 있었다 무자비가 무無를 버리고 있었다 고독이 내려오고 있었다 언젠가 당신은 신이 없다면 고독도 없다고 말한 적이 있다 고독이 아니 신이 내려오고 있었다 의문에 휩싸인 울음과 물음이 겨울밤과 뒤섞이고 있었다 앞뒤가 뒤바뀐 이면과 표면이 있었다 입장을 바꾼 삶과 죽음이 엉키고 있었다

인생국숫집

시인의 외상값을 갚아 주는 밤이다 삶의 비애와 불가
해함에 대한 질문 위에 자신의 시는 있다고 했던가 *나
는 나 때문에 고생이었다**고 하더니 그토록 좋아하던
술도 그토록 고생시키던 나도 잊고 와불처럼 누운 지 여
러 해째다 민생국숫집에 와 시인의 외상값을 갚아 주는
밤이다 소주 열두 병이라니 예수의 열두 제자도 아니고
안주도 없이 안녕도 없이 소주 열두 병을 물처럼 마시며
빈 병들을 비애처럼 부둥켜안고 울었을라나 매일 밤 삶
의 비애를 견디려 민생국숫집에 나와 앉아 혼자 술을
마신다 소주 열두 병 외상값을 대신 갚으면 사경을 헤
매고 있는 시인이 벌떡 일어나 *너도 너 때문에 고생이구
나!* 일갈할지도 모른다고 술주정인지 기도인지 모를 소
리를 믿음도 없이 중얼거리며 민생국숫집을 인생국숫
집으로 헷갈리는 중이다

*이흔복 시인의 시 「나는 내가 그립다·1」 중에서.

17

테라 인코그니타*

사루비아다방의 혁명커피를 마시며 *휘휘휘휘* 내 쪽을 향해 불고 있는 당신의 뜨거운 그 숨을 제가 좀 마셔도 괜찮겠습니까? 생강꽃이 피면 항상 생각이 많아지고 울고 싶은 마음이 생기곤 했습니다 어디서 왔냐고 묻는 거라면 낮도 아니고 밤도 아닌 늑대의 간에서 왔다고 대답하겠습니다 앗 '시'가 누락되었군요 '늑대의 시간'으로 수리해 주실 수 있겠습니까 많은 개들을 만났지만 당신이 가장 친절한 개입니다 물고기의 눈물 생강꽃의 생각 밑도 없는 밑 끝도 없는 끝 *휘휘휘휘* 사루비아다방의 혁명커피를 마시며 내 쪽을 향해 불고 있는 당신의 뜨거운 그 숨 바로 직전 내가 숨죽이며 내뱉은 날숨을 꿀꺽 삼킨 당신은 내가 만난 개 중 가장 친절하고 가장 혁명적인 개입니다 그렇습니다 생강꽃이 피면 항상 생각이 많아지고 울고 싶은 마음이 생기곤 했습니다 미지의 땅을 향해 실패할 혁명을 향해 밑도 없고 끝도 없이 꼬리에 꼬리를 물고 돌 사랑을 향해

* '미지의 땅'을 의미하는 라틴어.

날아다니는 꽃

　개보다 더 단순한 진심으로 가장 어두운 밤보다도 더 가장 어두운 얼굴로 밤을 견딥니다 삶을 이해하는 것이 본질적으로 불가해하듯 밤을 이해한다는 것도 불가능합니다 마음도 마음 아닌 것도 모두 잠들지 못하는 밤 그건 뭐였을까요? 봄에는 직장을 잃고 가을에는 사랑을 잃었습니다 구직도 구애도 구원도 없는 가장 어두운 밤보다도 더 가장 어두운 얼굴로 밤을 건넙니다 개보다 더 단순한 진심으로 죽음을 이해한다는 것은 본질적으로 불가능합니다 하여 가끔 눈부셨던 그건 뭐였을까요? 눈물처럼 빛나고 진실처럼 부서진

생계

스피노자는 생계를 위해 렌즈를 갈았다는데 나는 어쩌다 생계를 잃고 쑥을 뜯고 밤을 줍고 잣을 까고 은행을 모으며 밤나무의 밤은 향나무의 향은 어떻게 오는지 궁금한 사람이 되고 말았다

낮에 저주받을 것이며 밤에 저주받을 것이다 잠잘 때 저주받고 일어날 때 저주받으리라*

스피노자는 생계를 위해 렌즈를 갈았다는데 나는 어쩌다 생계도 잃고 기꺼이 저주받더라도 생의 고통을 갈고 닦으며 우는 사람들은 누구이며 지옥 속에 지옥을 사주하고 가난 속에 가난을 저주하는 자들은 누구인지 묻는 사람이 되고 말았다

*스피노자가 유대 공동체로부터 파문당하며 들었던 저주.

초생활

　　노인은 말했다 태어나는 건 나오는 것이고 죽는 건 들어가는 것*이라고 도대체 어디서 나오고 어디로 들어가는 건지? 월급쟁이 경력 30년 생계는 자신 있다고 산입에 거미줄을 치더라도 그 거미줄은 예술일 거라고 진심으로 사기 쳤다 개뿔 실업급여 수급자 생활 3개월 예술은? 예술은 어디 갔지? 거미줄만 예술이다 슬픔까지 사기다 3개월 동안 30년은 늙어 버린 노파가 중얼거린다 다시 죽으러 들어가야지? 태극과 궁극을 품은 미래의 빨강과 파랑과 하양 배롱나무 서쪽에 살던 노인의 약탕기를 생각한다 배롱나무의 동쪽 가지를 훔쳐 치성으로 약을 달이던 꼬부랑 할머니의 그 아득한 사랑의 설법을 기억한다 죽는 건 들어가는 것이고 태어나는 건 나오는 것이다 그 무덤에선 배롱나무 꽃가루가 나왔다고 한다

*노자.

노동의 미래

미래가 없는 사람처럼 살고 미래가 있는 사람처럼 죽고 있습니다

오늘도 죽고 있습니다 매일 죽고 있습니다

떨어져 죽고 끼여 죽고 맞아 죽고 부딪혀 죽고 깔려 죽고 붕괴되어 죽고 있습니다

이 시각에도 땀 흘리다 죽고 피 흘리며 죽고 있습니다

미래?

죽음을 갈아 넣는 세계와 헛된 죽음의 죽음을 멈추지 않는 이곳에 미래가 있습니까

알버틴장미 사향장미 다마스크장미 백장미 캐비지로즈 아일랜드의불꽃 아도니스 레이디리딩 스노우퀸 붉은 글자의 날 튜터장미 노수부 바스의 아내 토머스

베케트 에밀리 브론테 티 로즈…… 장미들은

오늘도 제 몫의 이름을 달고 피어오르는데

이름이 없는 사람처럼 살고 이름이 없었던 사람들처럼 죽고 있습니다

오늘도 죽고 있습니다 매일 죽고 있습니다

거돈사지

침묵이 탑처럼 쌓이고 있었다

출근했다 퇴근하는 일을 그만둔 여자가

죽음 이전에서 죽음 이후로 건너간 사람들을

천 년 느티나무 그림자 안에서

천 년 전에 출발한 마음처럼 부르고 있었다

사라지고싶다사라지고싶다

침묵이 탑처럼 쌓이고 있었다

퇴근했다 출근하는 일을 그만둔 여자가

생 앞에서도 생이 뭔지 도통 모르겠는 여자가

천 년 느티나무 침묵 안으로

죽기 살기로 돌아가고 돌아오고 있었다

탐매探梅

비가 온다

부여의 옛 지명은 사비였다

모텔 사비에 든다

이 지경이 될 때까지 왔다

분명한 건

나쁜 인간이 되고 싶었던 건 아니었다

바쁜 인간이 되고 싶었던 것도 아니었다

어쩌다 보니 이 지경이 되었다

옛 선비들 사이에는

이른 봄에 처음 피어난 매화를 찾아

산속으로 떠나는 풍습이 있었다, 한다

분명한 건

인간을 찾으려면 인간으로 가야 한다

부여의 옛 지명은 사비였다

비가 간다

울프

　매일 밤 바바바를 마셨지요 바바바는 베트남 맥주 이름 아오자이를 입은 여자들이 지나갔고 야간 수영장에는 가지 않았어요 그런데 버지니아 울프는 왜 자살했을까요? 이제 더 이상 악몽을 꾸지는 않습니다 언제부턴가 더 이상 악몽에서 깨지 못한 채 매일매일 악몽 속에서 살고 있으니까요 매일 밤 바바바를 마셨지요 바바바는 베트남 맥주 이름 아오자이를 입듯 여자를 입은 여자들이 지나갔고 야간 수영장에는 가지 않았어요 그런데 버지니아 울프는 왜 자살했을까요? 매일 밤 악몽을 마셨어요 바바바는 베트남 맥주 이름 소녀상을 지키는 소녀들에게만이라도 악몽과 우울을 입히지 말아 주세요 바바바는 베트남 맥주 이름 바바바 바바바 저는 아픈가요? 경멸하듯 보는 그런 눈은 무섭습니다 저는 취하지 않았습니다 그런데 버지니아 울프는 누가 죽였을까요?

2부
괴로워도 괴로웠다

변신 마스크

봄에 신촌에서 만납시다 벚꽃 대국 함 가시죠 난 흑돌 진심으로 빛나는 까망 털은 길러도 좋구요 탈이요? 요즘은 마스크죠 백돌같이 순백의 KF94가 먹어줍디다 대접 커피요? 독수리다방 대접 커피 말씀하시는 건가요? 진심 모르시나 본데 음악다방은 한물갔죠 정 그러시다면 통 크게 별다방 아메리카노 473ml 그란데 테이크아웃으로 쏘겠습니다 그런데 그란데가 뭐냐구요? 진심 모르시나 본데 미래와 음악다방은 한물갔다니까요 요즘 대세는 별이죠 미친 거 아니냐구요? 다행이네요 난 진심으로 울부짖는 돌맹이 미치지 않고서야 아스트랄한 이 별에서 대접이나 받겠어요? 봄에 신촌에서 만납시다 마스크 대국 함 가시죠

안개와 당국

　목련은 안개 속에 서 있었다 불투명과 반투명의 모호한 경계 속에서 안개는 흘러나오고 있었다 방금 막 밤과 헤어진 강물은 새벽과 몸을 섞고 있었다 목련 앞에서 웃음도 울음도 없는 얼굴이 반쯤 파묻히고 있었다 먹히느냐 먹느냐 그것만으로는 정의되지 않았다 당국은 공정과 정의를 부르짖었지만 구하여도 구할 수 없었다 괴로워도 괴로웠다 목련은 안개 속에 서 있었다 공정이냐 공정이 아니냐 그것만으로는 되지 않았다 중대재해도 중대처벌도 중차대하지 않은 당국은 미래가 현재와 현재가 과거와 과거가 미래와 악수하듯 아침엔 주천강 점심엔 동강 저녁엔 한강으로 이름을 바꾸며 흘러갈 것이다 목련은 안개 속에 서 있었다 불투명과 반투명의 모호한 경계 속에서 안개는 흘러나오고 있었다 삶처럼 죽음처럼 죽음처럼 죽음처럼

비상시

　자동차가 멈춘 곳은 조그만 읍 경찰서 앞이었다 현실
도 아니고 비현실도 아닌 듯 흰 눈이 내리고 있었고 개
조차 짖지 않는 겨울밤이었다 내 아버지라고요? 당신
이? 몇 번째? 지난여름 저수지에 함께 갔던 b는 말했다
무슨 자동차를 홈쇼핑에서 김수미 간장게장 사듯 사느
냐고 그랬다 생의 첫 자동차를 김수미 간장게장 사듯
샀다 중고차 딜러는 말했다 막상 타 보면 죽여 줄 거라
고 당신이, 당신이 정녕 내 아버지라고요? 비현실도 아니
고 현실도 아닌 듯 흰 눈이 내리고 있었다 막상 살아 보
면 재밌을 거라고 누군가 4인승 중고 자동차에서 내리
며 중얼거렸다 간장게장의 딱딱하고 비린 껍질 같은 물
음들이 눈처럼 쌓여 가는 겨울밤이었다 막상 비상시엔
개도 개도 될 수 있는

마스크 드레스

책 한 권 질문 하나 침묵 두 개를 들고

여자가 도착했네

자신이 내쉰 숨을

자신이 다시 들이쉬면서도

숨 막히게 아름다운

(마스크를 쓴)

태양 하나 달 하나 지구 두 개를 들고

여자가 도착했네

사랑을 바늘처럼 들고

버려진 숨결들을 꿰맨

숨 막히게 아름다운

마스크 드레스를 입은

벚꽃 대국

우리는 밤새도록 사랑을 했네
아무것도 남지 않을 때까지
쉰 살의 당신과 열아홉 살의 나
첫 직장에 입사하는 나와
대학교를 졸업하는 당신

산산조각으로 희고 검은

우리는 밤새도록 사랑을 했네
아무것도 남지 않을 때까지
돌을 던진 당신과 사표를 쓴 나
기차를 타러 가는 당신과
실업급여를 타러 가는 나

산산조각으로 산산조각으로

우리는 밤새도록 사랑을 했네
죽여줄 때까지 죽고 싶을 때까지

중력과 권력 AI와 고독에 맞서며
서른 살의 나와 아홉 살의 당신
탈을 쓴 당신과 털을 기른 나
검은 돌이 흰 돌을 사랑하듯

희고 검은 산산조각으로

우리는 밤새도록 사랑을 했네
죽여줄 때까지 죽고 싶을 때까지
무한하면서 유한한 유한하면서 무한한
미래이면서 반미래인 반미래이면서 미래인
하나의 거울이 두 개의 얼굴을 비추듯
두 개의 얼굴을 하나의 거울이 비추듯

흰, 국화 옆에서
—안녕 PTycal

가만히 들여다보면

누구나 환한 구석이 있기 마련이다

아무 일 아닌 일에도 심장이 뛰는 일이 있기 마련이다

벚꽃이 다녀가더니

목련이 오고 목련 뒤에는 라일락이

라일락 다음엔 작약과 아카시아가

아카시아에 이어 장미가 다녀갔다

그제는 마흔 살, 시인이 되고 싶다던 후배가

장미를 따라갔다

빌어먹을

흰, 국화 옆에서

가만히 들여다본다

장미, 아카시아, 작약, 라일락, 목련, 벚꽃……

이어달리기를 하듯 왔다 간

환한 꽃들처럼

가만히 들여다보면

누구나 다녀간다

유령들

찬 겨울 저녁

불빛 환한 정거장을

얼굴이 없는 사람으로

가로질러 간다

하늘엔 손톱달

지상엔 월세방

옛날 옛적엔 이곳도

절집이 있던 절터였을까

목탁을 두드리듯

교탁을 두드리는

오늘의 유령들

유령들마저도 MZ들인

마스크 유령들

어디서 왔냐고 묻자 남자는 안드로메다에서 왔다고
했다 안드로메다는 북쪽 격리 구역 옆에 있는 술집인데
열두 개의 탁자와 일곱 개의 창문이 있고 1순위로 해고
당한 유령과 차상위로 해고당할 유령들이 번쩍번쩍 요
란하게 빛나는 조명 아래서 헝클어진 실타래처럼 뒤엉
킨 일상과 레트로한 환상을 섞은 술 '신의 숨결'을 마시
며 갬성 사진을 찍는 유령들의 성지라고 한다 환상이라
는 타임머신을 타고 지구를 여행 중인 남자는 안드로메
다에서 왔다고 했다 우주복이 고장 난 우주인처럼 숨이
막힌다고 했다 실직과 구직 사이를 표류 중이라고 했다
인간인지 인간이 아닌지 헷갈린다고 했다 안드로메다
는 북쪽 격리 구역 옆에 있는 술집인데 열두 개의 탁자
와 일곱 개의 창문이 있고 그곳 CCTV 속 시계가 밤 열
시를 가리키면 취한 유령들마저도 화들짝 놀라 일제히
자가 격리 (당)하는 숨 막히게 아름다운 곳이라 했다

여의사

크게 호흡하는 법을 연습하라고 호흡이 짧으면 성질이 급해지는 거라고 울화가 치밀면 성질대로 질러 버리라고 쉰 넘었는데 우아 찾느냐고 혼자 이불 쓰고라도 욕도 내뱉으라고 당신은 지금 감기 걸린 여자가 아니라 탈진한 여자라고 슬픈 여자가 아니라 아픈 여자라고 100평짜리 폐를 가졌으면서도 모기만큼 숨을 쉬니 그렇다고 그러다 죽는다고 숨통을 틔우라고 그랬다 숨을 쉬지 않고도 살 수 있다면, 잘못 태어난 게 아니라 잘못 꿈꾼 거라면, 좋겠다고 모기만 한 소리로 그랬다 링거병에선 마늘 냄새가 나고 여의사는 드라큘라처럼 피 말릴 듯 그랬다 누군가 다시 태어나기라도 하려는 듯 숨이 차올랐다

글쎄가 물음처럼 쌓여 가는 여름밤이었다

빛을 빛으로 돌을 금으로 술을 피로
시를 신으로 바꿀 수 있다고?

반려견도 반려묘도 못되는 주제에?

빛을 빛으로 금을 돌로 피를 술로
신을 시로 바꿀 수 있다고?

반려신도 반려자도 못되는 주제에?

"글쎄"*
막상 살아 보면 재밌을 거라고?

반려시도 반려술도 못되는 주제에?

*글쎄는 얼어 죽을.

취향 없음

쇄빙선을 타고 북극으로 떠나는 남자가 있고 눈물을 얼리러 시베리아로 향하는 여자가 있다 국적도 없이 다시 돌아온 계절은 기후 위기와 함께 봉착했고 오늘 아침 지나간 장례 행렬은 지구 종말의 알레고리로 리사이클링 된다 내가 좋아하는 소설가는 처음처럼을 내가 좋아하는 시인은 참이슬을 마신다 소주 취향조차 없는 나는 소설가를 만나면 처음처럼을 시인을 만나면 참이슬을 마신다 위기와 종말도 사고파는 사람들은 다국적 펀드로 무자비적 약탈도 서슴지 않는데 이념 취향도 없는 나는 물에 물 탄 듯 술에 술 탄 듯 산다 쇄빙선을 타고 북극을 향해 가는 남자가 있고 눈물을 얼리러 시베리아로 떠나는 여자가 있다

뛰어다니는 비

수협 조끼를 입은 남자가 박카스를 돌리자

대게철이 시작됐다 주황색은 어디서 왔을까

달을 찍고 싶었으나 귤을 찍는다

인생이 대개 그와 같다.

호불호를 떠나야 한다

여자도 남자도 극복해야 한다

낯설고 두려운 세계로 초대된 우리들

내 불행은 내가 알아서 할 것

대게는 대게로

고양이는 고양이로

나는 나로 죽을 것이다

할머니라고 아홉 번이나 불렸고

삼만 살처럼 피곤해도

소만小滿에는 립스틱을 사자

동문하고 서답하자

내 물음과 내 울음은 내가 알아서 할 것

주황색은 어디서 왔을까

장마

애플제라늄 옆에서 하루 종일 장맛비 소리를 듣는다

큰 틀에서 전생이 있다면 저 우중의 거리와 같을까

사랑했던 사람들의 얼굴들 물안개처럼

잠깐 잠깐 피어올랐다 사라졌다

큰 틀에서 생각하면 그게 다 꿈이었을까?

애플제라늄 옆에서 하루 종일 장맛비 소리를 듣는다

큰비 속에 나를 세워 놓고 가만히 울다 보면

누구에게 받았는지 모르는 가시가 있다

3부

매달려 있다, 삶에

가계도

아버지는 술을 물처럼 마시고
어머니는 물을 술처럼 마셨다

복잡한 피

시시각각 변하는 봄 산자락에 들어
한 달이 지나고 새로 열하루가 지나는 동안
고작 한 일이라곤 수수께끼 같지도 않은 수수께끼
하나를 만든 일이 전부

아침엔 희고 밤엔 검고 저녁엔 붉게 변하는 것은?

그 사이 논두렁 산책길에서 만난 민들레는
제 속의 꽃을 매일매일 꺼내 보여 주더니
급기야는 꽃씨를 공중으로 드론처럼 띄우고
다시 초록의 침묵으로 좌선에 드시었다

시시각각 변하는 봄 산자락에 들어
한 달이 지나고 새로 열하루가 지나는 동안
고작 한 일이라곤 수수께끼 같지도 않은 수수께끼
하나를 만든 일이 전부

어떤 날엔 차고 어떤 날엔 덥고 어떤 날엔 고독한 것은?

그 사이 어떤 날엔 하루 종일 미쳐 날뛰던 피는
제 속의 피를 다 말리더니
급기야는 가장 먼 별처럼 아득하게
다시 빨강의 눈물로 자전에 드시었다

가정식 눈보라

　죽은 아버지가 또 죽는 악몽이 매일매일 새벽 배송되는 꿈에선 어떻게 깨야 하나요 나였던 나까지 부서진 마음은 어디서 자가 격리 하나요 드라이클리닝 한 죽음을 들고 그런 곳은 어디에도 없다고 드라이하게 말하는 어머닌 자주 좀 나타나세요 할 수만 있다면 그 불행도 다시 한 번 살아 보고 싶어요 그리운 불행 가정식 눈보라 창백한 푸른 점* 칼 세이건과 Carl Sagan은 제겐 다른 사람처럼 느껴져요 눈보라 눈보라 태양의 코로나 반대편을 향해 100억 광년을 날아가면 다시 한 번 그 불행을 살아 볼 수 있나요 그리운 불행 고독한 별 가정식 눈보라 모든 창백한 어머니와 푸른 아버지의

*암흑으로 뒤덮인 광활한 우주 속 고독한 별 지구를 칼 세이건은 '창백한 푸른 점'이라고 말했다.

눈물 경고등

[과소비 2단계 경보]
숨 쉬는 것처럼 돈을 쓰고 있습니다

모른다고 하면 될 일이다
물 쓰듯이 눈물을 과소비한 죄
깊이 있게 다정하지도 차갑지도 못한 죄
무해하지도 유해하지도 못했던 죄
물 쓰듯 눈물을 쓰면서도 끝내, 용서받지 못한 죄

[과출력 9단계 경보]
숨 쉬는 것처럼 눈물을 쓰고 있습니다

모른다고 하면 될 일이다
버러지처럼 살려고 발버둥 치면 칠수록
불행도 공공재야?
울음도 물음도 되지 못한
출처가 불분명한 눈물이 있다

빈집

빗장을 질러 둔 녹슨 대문을 열고 빈집 툇마루에 앉아 봅니다 세계의 불행 따위와는 상관없이 민들레꽃 만발한 봄 마당 한 켠에서 엄마 잃고 우는 아기 고양이를 부르듯 마흔의 나와 서른의 나와 아흔의 나를 불러 봅니다 불려 나온 아흔의 마흔의 서른의 나들은 뒷모습이 다정한 자매들 같습니다 한때 나였고 언젠가 나일 수도 있는 하나이면서 셋인 그녀들은 고양이의 불행과 자신들의 불행을 뒤섞어 보기도 합니다 빈집이 수런거립니다 세계의 불행 따위로만 얽히고설킨 듯한 거미줄 위로 구름이 지나갑니다 바람도 지나갑니다 고양이와 그녀들도 지나간 지 한참입니다 빈집은 빈집을 벗고 있습니다 죽음을 얻고 있습니다 해탈하고 있습니다 가끔 귀신을 보고 놀란 귀신처럼 산 건지 죽은 건지 헷갈릴 때가 있습니다

파란 혼

　그는 생각을 흔들어요 귀엽고 작고 하양 도자기 종을
흔들 듯 그러나 그 생각에선 소리가 나지 않아요 향기
도 없어요 침묵과도 달라요 귀엽고 작고 파란 혼이라고
나 할까요 죽고 싶은 건지 죽고 싶지 않은 건지 헷갈릴
때가 있어요 그럴 때 그는 생각을 흔들어요 마치 생각하
는 사람과 생각하지 않는 사람 둘 중 조금이라도 덜 불
행한 사람을 데려올 수 있다는 듯이 늘 그렇지만 불행
이 삶을 데려오고 생각이 죽음을 데리고 와요 귀엽고
작고 하양 도자기 종처럼 흔들리는 죽고 싶은 건지 죽고
싶지 않은 건지 헷갈릴 때가 있어요.

고척동 고모

그녀는 고통 속에서 살았다 열여섯부터 예순아홉까
지 (여성) 노동자 아니면 (여성) 해고 노동자로 살아온 그
녀에게 고통은 공기와도 같았다 고통과 함께 밥 먹고 고
통과 함께 잠들고 고통과 함께 출근했다 한 명의 남편과
네 명의 자식들마저 그녀를 떠났을 때도 고통만은 그녀
의 곁을 지켰다 사람들은 고통이 그녀를 병들게 했다고
말했지만 그녀는 고통을 파먹으며 여태껏 살아남았다
고 했다 한번 물어봐요 일생 억척스럽게 살아남느라 고
통스러웠는데 고통이라면 지긋지긋하지 않아요? 열여
섯부터 예순아홉까지 여성 노동자 아니면 여성 해고 노
동자로 살아온 그녀는 말했다 일생 함께 울어 준 것도
웃어 준 것도 고통인데 이제는 피붙이 같다고 했다 언젠
가 그날이 오면 (여성)은 두고 가도 고통만은 함께 가 줬
으면 좋겠다고 했다

고척동 고모의 풍선

고통의 날숨으로 불어 만든

십자가에 못 박히듯 고통에 못 박혔으나

IMF, 금융위기, 코로나19 팬데믹

가운데서도 부활한

공식적으로 기록되지는 못하였으나

해고 노동자에서 노동자로 부활한

고통의 목숨으로 불어 올린

대추

    주인은 병이 깊은지 가을이 깊어 가도록 앞집 대추나무는 빨간 대추들을 달고 있다

    가을 햇빛을 받아 반짝이는 대추나무를 바라보며 여자는 방범창 안에서 생각한다

    어디로도 가지 않으면서도 스스로 빛나는 대추, 라고

    주인은 병이 깊은지 방범창 밖 대추나무엔 빨간 대추들이 매달려 있다

    어디로도 갈 수 있으면서 아무 데도 갈 곳이 없는 방범창 안 여자가

    대추들처럼 매달려 있다

    대롱대롱

겨울이 오면 떨어질 대추들처럼

매달려 있다

삶에

누누더기 시

　가난과 시를 섞는다 진실을 소금에 절인다 정신에 침을 뱉는다 아이러니 속에 아이러니를 투척한다 누더기 위에 누더기를 겹친다 아무려나 시에서 가난을 추출한다 소금에서 진실을 구한다 침 묻은 정신을 닦는다 아이러니 속에 아이러니를 구조한다 누더기 위에 누더기를 찢는다 아무려나 누더기 위에 누더기를 겹쳐도 누더기 위에 누더기를 찢어도 누더기는 누더기다 *가난을 피할 순 없지만 가난을 환대할 순 있다고?* 이런 시는 사월보다도 춥고 그림자보다도 어둡다 죽기도 전에 죽은 목숨 눈물 속으로 가라앉은 신 아무래도 좋다 죽은 목숨에 죽은 목숨을 더해도 죽음의 누누더기일 뿐인

빌라에 산다

극락은 공간이 아니라 순간 속에 있다 죽고 싶었던
적도 살고 싶었던 적도 적지 않았다 꿈을 묘로 몽을 고
양이로 번역하면서 산다 침묵하며 산다 숨죽이며 산다
쉼표처럼 감자꽃 옆에서 산다 기차표 옆에서 운동화처
럼 산다 착각하면서 산다 올챙이인지 개구리인지 헷갈
리며 산다 술은 물이고 시는 불이라고 주장하면서 산다
물불 안 가리고 자신 있게 살진 못했으나 자신 있게 죽
을 자신은 있다고 주장하며 산다 법 없이 산다 겁 없이
산다 숨만 쉬어도 최저 100은 있어야 된다는데 주제넘
게도 정규직을 때려치우는 모험을 하며 시대착오를 즐
기며 산다 번뇌를 반복하고 번복하며 산다 죽기 위해 산
다 그냥 산다 빌라에 산다

그런데, 어머니는 왜서 자꾸 어디니이껴 하고 물을까

엄헬레나

1 9 4 2 9 1 6 - 2 0 2 4 2 1 1

부잣집 딸로 태어나 탄광으로 시
집온… 딸 셋을 낳은…… 실향민
의 딸 엄…헬레나… 과부는 아니었
지만 과부 같았던… 장성 제1광업
소 급식사이자 세탁부였던… 엄…
헬레나…… 닥치면 겪는다… 닥
치면… 엄…헬레나…… 헬레나…
닥치면 겪는다…… 탄광촌… 판
잣집… 공용 변소… 닥치면 겪는
다… 엄…헬레나… 0명의 아들과
0명의 남편 그리고 자신도 모른
채 엄헬레나로 죽은… 어쩌다 마
지못해, 의무적으로 전화하면 자
꾸 어디니이껴 묻던 엄헬레나…
엄…헬레나… 어디니이껴… 어디
니이껴… 어디 계시니이껴……

4부
이생이 나에게 탁구공을 던졌다

천남성

한 해는 여자로 한 해는 남자로 산다

사월의 뱀을 보고 놀란 영혼은

사월보다도 크고 쉰 살보다도 크다

한 해는 남자로 한 해는 여자로 산다

시도 시 아닌 것도 없다

천남성 속에도

뱀 속에도

개구리 속에도

시는 있다

울릉도

죽은 새가 눈물을 물고 동쪽 바다로 날아가는 꿈을
꿨다

울창한 구릉 속에서 흘러나온 암흑이 분지를 돌아
나온 바람과 몸을 섞었다

깎아지른 절벽 위에서 살아온 시간과 살아갈 시간이
사무치고 있었다

더 이상 인간 가지고는 안 된다고 인간을 벗어 놓고
사랑마저 벗어 놓고 섬이 되고 있었다

폭풍이 오고 있었다 죽은 새가 미래와 하양을 물고
돌아오고 있었다

횡성

오지 않는 시를 기다리며 가을이 다 갔지만 어떤 날은 박상륭의 열명길을 읽다 잠들기도 했고 어떤 날은 안개가 피어오르는 물가에 나가 앉아 종일 물소리를 들었다 가끔 아침부터 동쪽에서 바람이 불어 자작나무 잎들이 춤을 추면 읍내에 나가 술을 받아 와 대낮부터 대취했고 고라니 울음소리에 깬 밤이면 지난날 용서 빌지 못한 일들을 생각하며 벌벌 떨었다 오지 않는 엄마 오지 않는 아버지 오지 않는 시를 기다리러 횡성 갔다 지난날 빌지 못한 죄들과 오지 않는 것들이 매일 밤 별처럼 돋아나던

빨간 실

침묵을 돌아 나온 바람이 절벽 아래로 몸을 던졌다

배고픈 신이

고달픈 신이

과로사한 신이

오늘도 지구를 떠나고 있었다

잡계급도 되지 못한 신이

신발도 신지 못한 신이

빨간 실로 친친 엉켜 있는 신이

마이너스 통장도 없는 신이

이름도 없이 사망하는 신이

벌

보랏빛 수레국화 앞에 앉아

지난밤 악몽을 가을볕에 말리다

쏘였다

순식간이었다

벌벌 떨었다

부어 오른 눈두덩을 보니

내가 내가 아니었다

나 벌 받나?

가을볕은 눈멀도록 눈부신데

지난날 살아남기 위해 빌지 못한 벌들

벌벌벌

눈두덩이 부어 오른 여자가 묻는다

너는 나냐?

구룡포

대게철이 시작됐다

사방팔방

주황색 천지가 됐다

이판사판

원없이 살다가

해국 옆에 앉아 담배 피우는 여자가 됐다

이심전심

아홉 용이 울고 있다

바다가 바다를 바다로 되돌려주는

구룡포

대게철이 시작됐다

장미

일곱 마리의 고양이를 기르고 일곱 색깔의 시를 쓴다

혁명, 사랑, 시, 불, 꽃, 눈 그리고 침묵

그저 가난 가지고는 안 되는 것들

늘 1미터쯤 떨어져 있는

삶보다는 멀고 죽음보다는 가까운

월, 화, 수, 목, 금, 토, 일

일곱 마리의 고양이를 기르고 일곱 색깔의 시를 쓴다

장미의 붉음 개구리의 초록 꿰뚫어 보는 눈의 투명

늘 1미터쯤 떨어져 있는

그저 가난 가지고는 안 되는

멀고도 가까운

인정사정없이

그저 붉은

사월

고장 난 심장 어두운 미래 허튼 그림자

가난을 피할 순 없지만 헛된 가난은 피할 수 있다고?

죽기도 전에 죽은 목숨

내가 아직 사람인가?

아무래도 좋다

고장 난 심장 어두운 미래 허튼 그림자

가난을 피할 순 없지만 가난을 환대할 순 있다고?

물속으로 던진 돌처럼

눈 속으로 가라앉는 신

어두운 미래 허튼 그림자 고장 난 신

비두리 옛집

무너지고 있었다

버림받고 있었다

버림받고도 집이었다

무너지면서도 집이었다

내 마음 내 마음 같았다

자신마저 버릴 거요?

묻고 있었다 시간이

무너진 집의 문이 열린다

비두리 옛집

자신으로 죽고 있었다

자신으로 살고 있었다

탁구장

이생이 나에게 탁구공을 던졌다

머리통 위에는 팔월의 햇살이 꽂히고

머리통 안에선 버려진 여자의 이름이

탁구공처럼 굴러다니는 한낮이었다

바이든은 날아다니고 팔월의 햇볕은 따갑고

사과는 개가 되고 이름을 바꾼 여자의 이름이

머리통 속에서 탁구공처럼 날아다니는

이생이 나에게 탁구공을 던졌다

말복의 개처럼 진땀을 흘리는

한낮의 탁구장 안에서

언어도 기후도 위기인 팔월이었다

(나의)
탁구론

(더 이상)

새도 노래하지 않고
꽃도 피어나지 않아도

(끝끝내)

돌아와 라켓을 잡듯
사랑을 붙잡겠다고

사랑과 반복, 반복과 사랑

김태선

사랑과 반복, 반복과 사랑

김태선(문학평론가)

　언젠가 안현미 시의 목소리는 다음과 같은 고백을 한 일이 있다. "고백합니다 나는 죽은 사람입니다/죽었는데 자꾸 출근하는 사람입니다". 네 번째 시집 『깊은 일』(아시아, 2020)에 수록된 시 「전신거울」에 쓰인 말이다. 안현미 시의 '나'는 그동안 두 세계에서 살아가는 시민으로서 노래를 불러 왔다. 하나는 매일 출퇴근을 반복하는 '사무원'의 세계이고, 다른 하나는 "특별해서 사랑한 게 아니라 사랑해서 특별해진"(「태백」, 『깊은 일』) 것들을 노래하는 '시인'의 세계이다. 그런데 스스로를 '죽은 사람'이라 가리키는 일은, 두 세계 사이의 균형에 문제가 발생했음을 우리에게 일러 준다. 세 번째 시집 『사랑은 어느날 수리된다』(창비, 2014)에 실린 「1인 가족」에서 "특별시의 시민으로서 살아남기 위해" 부단히 "출근을 하고 야근을 하고 정신없이 살아남아야 한다"고 노래했지만, 이렇게 스스로를 닫힌 반복에 가둬야 했던 일이 '시인'으로서의 삶을 불모적인 것으로 만들었던 셈이다. 따라서 같은 시집에 자리한 「투명 고양이」의 노래처럼, 그렇게 "매일매일 출근"하는 일은 "바닥을 견디는" 일이자

"자신을 견디는 것"과 같은 일일 수밖에 없었을 터이다.

그 때문일까, 「무능력의 능력」(『깊은 일』)에서 시인은 "가난하고 무능력해지더라도 일곱 개로 얼린 마음을 해 동시키기로 결심한 그녀"의 노래를 부르기로 한다. 그러 나 안현미의 시는, 랭보처럼 "참된 삶은 부재한다. 우리 는 세상에 있지 않다."며 다른 세상을 찾아 떠나지 않는 다. 시인이 노래하는 곳은 끊임없이 다시 돌아오는 지금 여기의 삶이다. 우리는 이 세상에 있다. 마찬가지로 우 리 앞에 놓인 이 시집 『미래의 하양』에 쓰인 '미래'라는 말 역시 현재와 분리된 다른 시간과 장소를 이르지 않 는다. 안현미 시에서 '미래'는 현재와 함께하는 가운데 에서 시간을 만들어 가는, 독특하면서도 근원적인 운행 의 질서와 그 비밀을 간직한 말이다. '미래'라는 말로 시 인이 전하는, 그러나 밝힐 수 없는 그 자리에 다가가기 위해선 '생활'에 관한 노래를 먼저 경유할 필요가 있다.

노인은 말했다 태어나는 건 나오는 것이고 죽는 건 들 어가는 것이라고 도대체 어디서 나오고 어디로 들어가는 건지? 월급쟁이 경력 30년 생계는 자신 있다고 산 입에 거미줄을 치더라도 그 거미줄은 예술일 거라고 진심으로 사기 쳤다 개뿔 실업급여 수급자 생활 3개월 예술은? 예 술은 어디 갔지? 거미줄만 예술이다 슬픔까지 사기다

3개월 동안 30년은 늙어 버린 노파가 중얼거린다 다시
죽으러 들어가야지?

—「초생활」 부분

노래를 시작하는 곳에서 전하는 "태어나는 건 나오
는 것이고 죽는 건 들어가는 것"이라는 '노인'의 말은,
『도덕경』 50장에 있는 "出生入死(출생입사)"를 옮긴 표
현이다. 이는 삶과 죽음의 움직임을 서로 반대되는 모습
으로 다루고 있지만, 동시에 각각을 분리된 것이 아니라
함께하는 것으로 움직이며 존재하는 것으로 표현하는
말이기도 하다. 이 대목에서 흥미로운 점은, 이러한 전언
을 두고 시의 목소리가 "도대체 어디서 나오고 어디로
들어가는 건지?"라고 묻는 데에 있다. 삶과 죽음의 의미
를 따지기보다는 '어디'라는 구체적 장소 혹은 시간을
문제 삼기 때문이다. "산 입에 거미줄을 치더라도 그 거
미줄은 예술일 거라고 진심으로 사기 쳤"음에도, 그러
한 삶에서도 '예술'을 구하지 못했다는 생각이 '나'로 하
여금 그 행방을 묻도록 하였을 것이다. 예술을 찾고자
'무능력'을 제 능력으로 삼고자 결심하였더라도 그에 이
르는 길은 쉽게 열리지 않았던 것 같다. 『도덕경』 50장
에는 삶을 두텁게 하고자 한 움직임이 역으로 사지死地
로 이끈다는 내용이 담겨 있다. 이와 반대로 「초생활」에

서 '예술'을 찾아 떠난 움직임은 '나'로 하여금 '생계' 걱정
으로 인도한 듯하다. "실업급여 수급자 생활 3개월" 동
안의 삶이 역설적으로 '예술'에 이르는 데에 걸림돌 역
할을 한 것이었을까. 그런데 이 대목에서 안현미의 시는
"다시 죽으러 들어가야지?"라는 물음을 던지며 독특한
반전을 이루어낸다.

> 태극과 궁극을 품은 미래의 빨강과 파랑과 하양 배롱
> 나무 서쪽에 살던 노인의 약탕기를 생각한다 배롱나무
> 의 동쪽 가지를 훔쳐 치성으로 약을 달이던 꼬부랑 할머
> 니의 그 아득한 사랑의 설법을 기억한다 죽는 건 들어가
> 는 것이고 태어나는 건 나오는 것이다 그 무덤에선 배롱
> 나무 꽃가루가 나왔다고 한다
>
> ─「초생활」 부분

「초생활」의 후반부에는 「배롱나무의 동쪽」(『사랑은
어느날 수리된다』)과 공명하는 대목들이 있다. '노인의
약탕기'와 '배롱나무의 동쪽'이 그에 해당한다. 와병 중
인 할아버지를 위해 "배롱나무 동쪽 가지를 훔쳐 치성
으로 약을 달이던 꼬부랑 할머니"의 이야기가 「배롱나
무의 동쪽」에 이어 「초생활」에서도 반복된다. 이처럼 기
억을 다시 불러오는 일은, 지난날의 한 장면을 이 자리

에 재현하는 행위에 그치지 않는다. 기억을 노래로 다시 불러와 반복하는 일, 이는 잠들어 있던 시간을 깨워 움직이는 일이자 새롭게 그리고 다른 것으로 되어 가도록 하는 움직임이기도 하다. 이러한 회상을 살피기에 앞서 "다시 죽으러 들어가야지?"라고 묻는 '노파'를 주목해 볼 필요가 있다. '노파'가 등장하여 말을 건네는 일과 함께 안현미 시 특유의 반복과 독특한 시간의 운동이 일어나기 때문이다.

'노파'는, 노래하는 '나'가 '실업급여 수급자 생활'로 인해 "3개월 동안 30년은 늙어 버린" 것 같은 스스로의 모습을 가리키는 자조적인 표현인 동시에 거울처럼 마주해 있는 '다른 나'이기도 하다. 이렇게 「초생활」에서 노래하는 '나'는 동일한 하나의 인격이라 할 수 있는 심급을 서로 마주한 다른 '둘'로 표현함으로써, 하나가 다른 하나에게 말을 건네며 답을 구하는 대화의 구조를 만들어 낸다. 이렇게 하나의 목소리가 자신과 차이를 빚어내며 둘이 되고, 그렇게 나뉜 다른 하나가 말을 건네면서 다시 분기되었던 심급들을 종합한다. 이와 함께 연대기적인 흐름을 펼쳐내었던 목소리에 비연대기적인 운동을 이루어내는 목소리가 중첩된다.

'나'와 '다른 나'라는 서로 다른 시간에 속한 심급들이 함께 대화함으로써 이루어내는 독특한 반복과 종합의 움직임을 다른 시편들에서도 살펴볼 수 있다. 이를 테면 「빈집」에서 "엄마 잃고 우는 아기 고양이를 부르 듯 마흔의 나와 서른의 나와 아흔의 나를 불러 봅니다", 「벚꽃 대국」에서 "쉰 살의 당신과 열아홉 살의 나/첫 직 장에 입사하는 나와/대학교를 졸업하는 당신"이 "밤새 도록 사랑을 했네"라는 말로 표현한 장면들 역시 비연 대기적인 시간의 종합을 이루어낸다. 서로 다른 시간에 속한 '나'의 조각들이 마주하여 바둑을 두듯 서로 돌아 가며 대화함으로써, 연대기적인 시간의 흐름에서는 불 가능한 것으로 여겨졌던 일들이 일어난다. 이렇게 기억 의 파편들이 즉 '나'와 '당신'이 자리를 바꿔 가며 돌고 도는 나눔의 움직임을 반복하는 일과 함께, 현실에서 는 불가능할 것만 같은 놀라운 일들이 일어난다. '우리' 가 나누는 사랑이 "무한하면서 유한한 유한하면서 무한 한/미래이면서 반미래인 반미래이면서 미래인" 것들이 서로 얽히고 또 자리를 바꾸며 새로운 시간의 운동을 펼쳐내는 것이다.

하나와 다른 하나가 서로 자리를 바꿔 가듯 말을 건 네는 나눔의 움직임은, 일정한 속도로 한 방향으로만 흘 러가는 것이라 여겼던 시간에 변화와 생성의 운동을 이 끌어낸다. 「초생활」에서 '노파'의 물음으로 이루어진 '나' 와 '다른 나'의 말 건넴은, '3개월'을 '30년'으로 확장하는 일뿐만 아니라, 역으로 '30년'이라는 시간을 수축하여 '지금 여기'로 불러 모은다. 이러한 과정 가운데 표현된 "30년은 늙어 버린"이라는 말은 표층적 측면에서 본다면 생계 문제로 마음 쓴 일에 대한 부정적 감정을 담은 것이라 할 수 있다. 그러나 '둘'을 마주하게 함으로써 비연대기적 시간을 중첩케 하는 노래의 운동은, 말의 표면에서 읽을 수 있는 것과 다른 이면의 정서가 올라오도록 한다. 안과 바깥이라 여겨지는 것을 뒤집는 것이다. 이와 같은 독특한 사건들을 일어나도록 방아쇠를 당긴 움직임이 바로 노파가 던진 "다시 죽으러 들어가야지?"라는 물음이다.

"다시 죽으러 들어가야지?"라는 표현은 일차적으로 생계를 위해 '출근하는 생활'이라는 '사지'로 나아가야 한다는 뜻을 담고 있다. 그런데 '삶'이 아니라 '죽음'으로 향하는 길을 적극적으로 지시하기에, '노파'의 물음은 앞서 소개한 『도덕경』의 전언을 따르면서도 동시에 뒤집는 움직임을 그려낸다. '사지'로 나아가면서 역설적으로 '삶'을 구하도록 하고 동시에 행방을 알 수 없었던 '예술'로 하여금 지금 여기로 도래하도록 길을 여는 것이다. 그렇게 열린 길을 따라, 시의 목소리는 "서쪽에 살던 노인"을 위해 "동쪽 가지를 훔쳐 치성으로 약을 달이던 꼬부랑 할머니의 그 아득한 사랑의 설법"을 회상할뿐더러 그와 함께 사랑을 반복한다.

사랑의 반복 가운데에서 '나'는 '다른 나'와 함께 대화하며 지금 여기에 과거와 미래의 시간을 함께 불러 모은다. 침묵으로 쌓여 있던 잠재적인 힘들이 깨어나, 한때 그러했던 것과는 다른 모습으로 스스로를 펼쳐 간다. 이와 같은 힘의 개진과 함께 지금 여기의 시간이 생성하는 것으로서 나타나게 된다. 「벚꽃 대국」에서 "무한하면서 유한한 유한하면서 무한한"이라는 말로 표현한 반복의 형상과 같이, 유한한 것으로 여겨지는 현실 한가운데에 잠재적 힘으로서의 무한을 불러들이고 또 펼치는 것이다.

사랑의 움직임과 함께, 「초생활」에서 시의 목소리는 더 이상 '들어가는 것'과 '나오는 것'이 향하는 '어디'를 묻지 않게 된다. "꼬부랑 할머니의 그 아득한 사랑의 설법"을 '노파'의 물음과 겹치며 '나'와 함께하는 길에 종합하면서, '어디'를 바깥의 다른 곳에서 찾지 않아도 좋다는 것을 발견하였기 때문일 터이다. 그 '어디'는 바로 '지금 여기'와 다르지 않다. '지금 여기'로 과거와 미래가 모이며 시간을 생성하고 움직이도록 하기 때문이다. 그리하여 '무덤'이라는 죽음의 상징으로부터 '배롱나무 꽃가루'라는 생명이 나오는 일을 전함으로써, 생명의 반복 즉 생성의 흐름을 예외적이지 않은 사건으로 노래하는 것이다. 이렇게 안현미의 시는 생활 안에서 생활을 극복하는, 생활을 향해 가면서도 생활을 넘어가는 새로움을 불러오는 힘의 존재를 증언한다. 이와 같은 힘을 표현하고 이행하는 일이 바로 '초생활'이다.

'초생활'은 안과 대립하는 바깥으로 나아가는 것이 아니라, 바로 이 안에 바깥을 불러들이는 노력과 함께 한다. 시인이 '초생활'을 이루어 가는 장소는 "늘 1미터쯤 떨어져 있는//삶보다는 멀고 죽음보다는 가까운"(「장미」) '사이'의 공간이다. 그곳은 바로 지금 여기인 동시에 너머의 바깥이며, 현실과 일상의 한가운데인 동시에 그에 반하는 이질적 공간이다. '사무원'과 '시인'으로 분리되었던 삶은 그렇게 한 모습으로 중첩된다. 따라서 "인간을 찾으려면 인간으로 가야 한다"(「탐매」)고 노래한 바와 같이, 안현미의 시는 사람을 향해 나아가는 일을, 사람과 사람 사이로 찾아가는 일을 멈추지 않을 수 있다. 시인은 지금 여기라는 지극한 현실 한가운데에서 예술을 구한다. 이곳에서 "검은 돌이 흰 돌을 사랑하듯", 안현미의 시는 "중력과 권력 AI와 고독에 맞서며" 노래를 즉 대화를 반복한다(「벚꽃 대국」). 「탁구장」에서 노래한 바처럼, "이생이 나에게 탁구공을 던졌"기 때문이다. 그런데 삶이 던지는 문제는 언제나 어렵다.

삶은 어렵다. '어렵다'는 말에 담긴 모든 의미처럼, 고통스럽고 힘겨울 뿐만 아니라 불가해하기까지 하다. 그러나 안현미의 시는 삶이 전하는 고통을, 안개와 같이 헤아릴 수 없는 그 어두움을 피하지 않는다. 「날아다니는 꽃」에서 고백하듯, "봄에는 직장을 잃고 가을에는 사랑을 잃었"으나 안현미 시의 '나'는 삶으로부터 달아나지 않는다. 오히려 "구직도 구애도 구원도 없는 가장 어두운 밤보다도 더 가장 어두운 얼굴로 밤을 건넙니다"라고 말하며 기꺼이 어둠보다 더 어두워지고자 한다. "밤을 이해"하는 것과 마찬가지로 "죽음을 이해한다는 것" 역시 노래하는 이의 말처럼 "본질적으로 불가능"할 터이다. 바로 보려는 노력에도 불구하고 오늘날 우리 앞에 놓인 현실은, 그리고 삶은 안개에 휩싸여 있는 것만 같다.

당국은 공정과 정의를 부르짖었지만 구하여도 구할 수 없었다 괴로워도 괴로웠다 목련은 안개 속에 서 있었다 공정이냐 공정이 아니냐 그것만으로는 되지 않았다 중대재해도 중대처벌도 중차대하지 않은 당국은 미래가 현재와 현재가 과거와 과거가 미래와 악수하듯 아침엔 주천강 점심엔 동강 저녁엔 한강으로 이름을 바꾸며 흘러갈 것이다 목련은 안개 속에 서 있었다 불투명과 반투명의 모호한 경계 속에서 안개는 흘러나오고 있었다 삶처럼 죽음처럼 죽음처럼 죽음처럼

—「안개와 당국」 부분

「안개와 당국」에서 반복하여 등장하는 "목련은 안개 속에 서 있다"라는 표현은, 안현미 시인의 전작 가운데 쓰인 대목 하나를 떠올리게 한다. 바로 「영원히 나 자신을 고쳐가야 할 운명과 사명에 놓여 있는 이 밤에」(『사랑은 어느날 수리된다』)에서 문을 여는 "목련꽃이 촛불처럼 피는 봄밤이다"라는 구절이다. 당시 우리는 다시없을 것만 같은 가장 어두운 밤을 경험하였다. 그럼에도 촛불을 들어 어둠을 헤쳐 나올 수 있었다. 이렇게 '목련'은 안현미의 시에서 촛불과 혁명을 상징하는 이름으로 제시되었다. 그런데 「안개와 당국」의 시간에서 목련은 안개에 둘러싸인 채로 우리 앞에 나타난다. "불투명과 반투명의 모호한 경계 속에서" 흘러나오는 안개로 인해 모든 것들이 뒤섞이고 있다. "당국은 공정과 정의를 부르짖었지만" 그러한 이름 역시 섞여서는 안 되는 것들과 구분되지 않는 상황에 이르고 만 것이다.

'고쳐가야 할 운명과 사명'에도 불구하고 시의 목소리는 "구하여도 구할 수 없었다 괴로워도 괴로웠다"고 노래한다. '당국'이 "중대재해도 중대처벌도 중차대하지 않은" 것으로 바꾸어 버렸기 때문이다. 책임을 떠맡아야 하는 '당국'이 임무를 방기하고, "불투명과 반투명의 모호한 경계"를 만들며 정국을 안개에 휩싸이도록 하고만 것이다. 그렇게 정국을 안개에 휩싸이게 만든 '당국'

의 움직임을, 시의 목소리는 "미래가 현재와 현재가 과거와 과거가 미래와 악수하듯 아침엔 주천강 점심엔 동강 저녁엔 한강으로 이름을 바꾸며 흘러갈 것이다"라고 표현한다. 미래와 현재 그리고 과거가 서로 악수하는 듯한 시간의 형상은 일견 닫힌 원환처럼 보이기도 한다. 안개와 같이 헤어날 수 없을 것만 같은 막막한 감정을 표현하려는 것일까. 마찬가지로 이름을 바꾸며 흘러가는 강에 대한 노래 역시 오늘날 정계 혹은 '당국'의 무책임을 묘사하는 것처럼 읽히기도 한다.

그러나 "흘러갈 것이다"라는 말에 초점을 맞춰 다시 읽을 때, 우리는 안현미 시 특유의 반전과 만나게 된다. 다른 시간들이 서로 악수하듯 경계를 지우고 이름을 바꾸며 흘러가는 강의 이미지가 '닫힌 원환'이 아니라, 새로운 변화를 불러들이고자 서로 다른 시간들이 함께 소통하는 모습으로 뒤바뀌어 읽히기 때문이다. 주천강에 대해 노래한 다른 시 「주천강 옆 겨울」에서 표현하였듯, 흘러가는 일은 일정하게 한 방향으로만 움직이지 않는다. "안과 밖이 자리를 바꾸고" 나아가 만나는 것들을 뒤섞는다. 마찬가지로 「안개와 당국」에서의 '당국' 역시 "중대재해도 중대처벌도 중차대하지 않은" 태도로만 일관할 수는 없다. 강물이 흐르며 도달한 곳에 따라 이름을 바꾸듯, 그 역시 시간과 함께 "흘러갈 것"이며 달라지기 마련이다.

"아침엔 주천강 점심엔 동강 저녁엔 한강으로 이름을 바꾸며 흘러"가는 일은 단순히 '강'의 이름을 바꾸는 데에 그치지 않는다. 흘러가는 일은 스스로가 자리한 시간과 장소, 그리고 관계를 맺는 다양한 요소들을 바꿔가며 소통하는 일이며 그와 함께 제 존재마저 새로운 것으로 변화해 가는 움직임이다. 물론 이 흐름은 한 줄기의 강이 이루어내는 동일한 운동이지만, 또한 그때그때마다 다른 무엇으로의 이행이기도 하다. 때문에 반복은 곧 이행이다, 다른 무엇으로 새롭게 되어 가는 생성의 움직임이다. 생성은 스스로를 비롯해 존재하는 모든 것이 지나간다는 것을, 그리고 사라진다는 것을 긍정하는 일과 함께한다. 이처럼 지워지고 사라져 가는 움직임을 통해서만 또한 미래가 지금 여기로 도래한다. "극락은 공간이 아니라 순간 속에 있다"(「빌라에 산다」)는 말처럼, 존재하는 모든 것들 역시 일시적인 것으로서 순간에 존재한다. 「빈집」에서 전하는 "세계의 불행 따위로만 얽히고설킨 듯한 거미줄 위로 구름이 지나갑니다 바람도 지나갑니다 고양이와 그녀들도 지나간 지 한참입니다 빈집은 빈집을 벗고 있습니다"라는 노랫말처럼, 사라져 가는 가운데에서도 끊임없이 제 존재를 벗어나며 끊임없이 차이를 만든다. 지나가는 일, 사라져 가는 일은 그와 같은 존재함을 반복하며 되돌아오는 것이기도 하다. 이렇듯 하나에서 다른 하나로 이행하는 일, 그렇게 다시 돌아오는 움직임을 노래하는 일이 시인의 몫이다.

노래가 끝날 무렵 반복되는 "불투명과 반투명의 모호한 경계 속에서 안개는 흘러나오고 있었다"와 같은 상황은 이제 더 이상 앞길을 가로막지 못한다. 물론 그 움직임이 "삶처럼 죽음처럼" 나타날 뿐만 아니라, "죽음처럼 죽음처럼"과 같이 헤어날 길 없을 깊은 절망으로 표상되는 일들을 되풀이할지도 모른다. 그럼에도 안현미 시의 '나'는 "다시 죽으러 들어가야지?"(「초생활」)라는 노파의 말을 따라, '죽음처럼'을 반복하며 스스로를 '사지'로 이르게 한다. "술은 물이고 시는 불이라고 주장하면서 산다", 그리고 "정규직을 때려치우는 모험을 하며 시대착오를 즐기며 산다 번뇌를 반복하고 번복하며 산다"고 하는 「빌라에 산다」에서의 노래처럼, 삶을 전복하며 그에 반하는 삶을 산다. '죽음'을 반복하며 뒤집어내고 삶을 구하는 길을 찾는다. 때문에 안현미 시의 '나'는 또한 오지 않는 것들을 기다리며, 돌아올 수 없는 것들이 다시 오는 일을 반복하여 노래하기도 한다.

가끔 아침부터 동쪽에서 바람이 불어 자작나무 잎들이 춤을 추면 읍내에 나가 술을 받아 와 대낮부터 대취했

고 고라니 울음소리에 깬 밤이면 지난날 용서 빌지 못한
일들을 생각하며 벌벌 떨었다 오지 않는 엄마 오지 않는
아버지 오지 않는 시를 기다리러 횡성 갔다 지난날 빌지
못한 죄들과 오지 않는 것들이 매일 밤 별처럼 돋아나던
—「횡성」부분

"오지 않는 시를 기다리며 가을이 다" 가 버린 어느
날, 시에서 노래하는 이는 "박상륭의 열명길을 읽다 잠
들기도 했고 어떤 날은 안개가 피어오르는 물가에 나가
앉아 종일 물소리를 들"으며 보낸 횡성에서의 시간들을
소개한다. 이 가운데 '열명길'은 죽은 혼이 모여 사는 곳
에 이르는 길을 가리킨다. 그러한 이름을 제목으로 한 소
설을 읽는 까닭은 어쩌면 「날아다니는 꽃」에서 던졌던
"죽음을 이해한다는 것은 본질적으로 불가능합니다 하
여 가끔 눈부셨던 그건 뭐였을까요?"라는 물음을 살피
고자 하였기 때문인지도 모른다. '가끔 눈부셨던 그것'
의 존재처럼 "오지 않는 엄마 오지 않는 아버지 오지 않
는 시"가 가끔씩 돌아왔으면 하는 마음 때문일지도 모
르겠다. 물론 죽음을 이해하는 일이 불가능하듯 삶 역시
불가해하다. 그럼에도 우리는 "오지 않는 것들이 매일 밤
별처럼 돋아나던" 일처럼, 돌아올 수 없는 것들이 돌아
오는 일을 반복하는 노래 가운데에서 만나기도 한다.

그리하여 안현미의 시는 반복한다. 돌아옴을 노래하고, 노래를 돌아오도록 한다. 돌아오는 것들이 있기에 시간이 흐른다. 그렇게 삶 또한 반복으로 이루어진다. 그런데 돌아오는 것들은 홀로 오지 않는다. 우리에게 말을 건네며 돌아온다. 언제나 문제들과 함께 인사하며 찾아온다. 마치 탁구공을 던지듯, 헤아리기 어려운 질문을 던지며 돌아온다. 때문에 안현미 시의 '나'는 "이생이 나에게 탁구공을 던졌다"(「탁구장」)고 말한다. "돌아와 라켓을 잡듯" 돌아오는 것들이 건네는 그 불가해한 물음에 응하며 "사랑을 붙잡겠다고" 다짐한다(「(나의)/탁구론」). 반복과 함께 반복한다. 반복하여 노래하고 노래를 반복한다. 홀로 노래하는 것처럼 보일지라도 시를 일인칭 독백의 장르라 규정해서는 안 된다. 시는 언제나 '나'와 '당신'이, 혹은 '나'와 이 세상이 서로에게 건네며 함께 나누는 말하기이다. 따라서 우리 앞에 놓인 이 시집 『미래의 하양』에서 시인은 "K가 돌아온 밤"에 대한 이야기를 하며 노래의 문을 연다.

K가 돌아온 밤은 까마귀보다 검었다 우리는 그날 밤
탁구를 치고 있었기에 그가 데리고 온 밤의 검정과 탁구
공의 하양은 꽤 근사하게 어울렸다 주고받는다 받기 위
해 준다 주기 위해 받는다 그것밖에 없다 그것밖에 없어

서 즐겁다 사랑하고 사랑받는다 사랑받기 위해 사랑한
다 사랑하기 위해 사랑받는다 헛소리 같지만 그것밖에
없다 튀어 오르고 튕겨 나간 건 끝까지 갔다가 돌아오지
않는 공 같은 것 아무튼 K는 돌아왔고 그가 데리고 온 밤
은 까마귀보다 검었고 헛소리 같지만 방금 막 도착한 자
정을 향해 튀어 오른 탁구공은 미래로 날아가고 있었다
그것밖에 없어도 그러하듯이

　　　　　　　　　　　　　　　　　—「탁구」전문

　반복하자. 돌아오는 것들은 홀로 오지 않는다. 이 시
집의 서시 「탁구」 역시 'K'가 데리고 돌아온 "밤의 검정"
에 관한 이야기로 노래를 시작한다. 노래하는 이는 그
가 돌아온 밤을 일컬어 "까마귀보다 검었다"고 한다. 물
론 우리는 그 밤의 '검정'이 얼마나 어두운 것인지 알지
못한다. 다만 'K'의 정체가 알려지지 않은 만큼, 그 밤 역
시 헤아리기 어려울 만큼 검은 '검정'일 것이라는 점만
짐작할 뿐이다. 이러한 맥락에서 '검정'은 헤아리기 어려
운 깊은 어둠을, 밝힐 수 없고 이해할 수 없는 무언가를
또한 가리키는 것 같기도 하다. 어쩌면 이 '밤의 검정'은
「날아다니는 꽃」에서 "가장 어두운 밤보다도 더 가장
어두운 얼굴로" 견디고 건너야 했던 때처럼 불가해하고
불가능한 삶이라는 문제를 가리키는 이름으로 읽히기

도 한다. 그만큼 어둡고 검은 밤이다. 그런 밤의 검정을
데리고 K가 돌아온 때에, 시의 목소리는 "우리는 그날
밤 탁구를 치고 있었"다고 전한다. 그리고 그러한 사실
로 인해 "그가 데리고 온 밤의 검정과 탁구공의 하양은
꽤 근사하게 어울렸다"고도 한다.

'하양'과 '검정'은 서로 반대되는 색을 가리키는 이름
이지만, 각자는 언제나 하나가 다른 하나와 어울려야만
존재할 수 있는 것들이기도 하다. 아울러 '하양'과 '검정'
과 같은 색상은 그 자체로 독립하여 있을 수 없다. 언제
나 무언가의 속성으로서, 아울러 다른 색상과 이웃하
는 가운데에서만 제 자신을 드러낼 수 있다. 때문에 '밤
의 검정'으로 존재하고 또 '탁구공의 하양'으로 나타나
는 것이다. 이러한 맥락에서 '밤의 검정'과 '탁구공의 하
양'이라는 표현들은 두 가지 사실을 우리에게 일러 준
다. 하나는 식별할 수 있는 모든 개체는 차이로서 존재
한다는 것, 다른 하나는 존재한다는 사실 자체가 언제
나 다른 존재와 서로 의존하는 관계를 이루고 있다는
사실이다. 그렇다, "밤의 검정과 탁구공의 하양은 꽤 근
사하게 어울렸다". 단지 '검정'과 '하양'이 서로 반대되는
색상이기 때문이 아니라, 서로가 대화를 나누듯 "우리
는 그날 밤 탁구를 치고 있었기에" 그러한 것이다. 바꾸
어 말하자면, 마주한 하나와 다른 하나가 경계를 넘어

서로 함께 존재를 나누는 소통 과정 가운데 있었기 때문이다.

둘 사이에서 나누는 소통의 과정은 "주고받는다 받기 위해 준다 주기 위해 받는다"라는 모습으로 이루어지는 간단한 반복의 연속이다. 나아가 그 외의 다른 움직임이나 의도는 필요하지 않기에 "그것밖에 없다"라고 할 수 있는 단순한 일이기도 하다. 다른 것은 필요하지 않고 또 생각하지 않아도 괜찮기에, 시의 목소리는 그와 같은 반복을 "그것밖에 없어서 즐겁다"라고 반복한다. 그런데 이와 같은 단순함의 반복은 또한 사랑의 이행이기도 하다. "사랑하고 사랑받는다 사랑받기 위해 사랑한다 사랑하기 위해 사랑받는다", 이 역시 간단한 반복의 과정으로 이루어지는 것처럼 보인다. 그러나 삶이 어려운 것처럼 대화 역시 쉽게 이루어지지 않는다. 사랑도 마찬가지이다. 드문 일이기에 많은 노력을 필요로 한다. 살아간다는 건 차이와 차이가 만나 서로 조율하는 과정이기에 언제든 어긋나는 일들이 생길 수 있다. "튀어 오르고 튕겨 나간 건 끝까지 갔다가 돌아오지 않는 공 같은 것"처럼, 반복의 과정에서 이탈하는 일이 일어나기도 한다. 그렇게 "끝까지 갔다가 돌아오지 않는" 존재는 우리에게 사라진 것으로 표상된다. 하나가 다른 하나를 버리거나 또는 버림받는 일처럼 여겨지기도 한다.

앞서 반복하는 일을 일컬어 또한 사라짐을 긍정하는 일이라 하였지만, 그와 같은 일은 유한한 인간 존재에게 상실의 감정을 불러일으킨다. 그렇기에 「비두리 옛집」에서 무너지고 버림받은 옛집을 바라보며 안현미 시의 목소리는 "내 마음 내 마음 같았다"고 표현하는 것이다. 나아가 「거돈사지」에서 노래하듯 "출근했다 퇴근하는 일을 그만둔 여자가" 되어 "사라지고싶다사라지고싶다"며 "죽음 이전에서 죽음 이후로 건너간 사람들을//천 년 느티나무 그림자 안에서//천 년 전 출발한 마음처럼 부르고 있었"던 것일 터이다. 그러나 「비두리 옛집」에서 "자신마저 버릴 거요?"라는 시간의 물음이 환기하듯, 살아가는 이상 스스로를 그만둘 수는 없는 노릇이다. 그때 시에서 노래하는 '나'의 눈에 들어온 '비두리 옛집'의 모습은 이렇게 표현된다. "버림받고도 집이었다//무너지면서도 집이었다". 그렇다, 안현미 시의 '나'는 '비두리 옛집'에게서, 어둠보다 더 어두운 것이 되었음에도 끝내 자신을 버리지 않는, 스스로를 넘어서는 힘을 본다. 때문에 안현미 시의 '나'는 "자신으로 죽고" 또 "자신으로 살고"자 한다. 반복하고자 한다. 반복을 노래하고 노래를 반복하는 것이다.

안현미의 시에서 반복은, 동일한 것이 같은 모습으로 되돌아오거나 혹은 단순히 자리를 바꾸는 움직임으로 그치지 않는다. 다시 돌아오는 일은, 그리고 그렇게 돌아오는 것들은 언제나 변화와 함께한다. 자기 자신을 스스로와 다른 무언가로 되어 가도록 할 뿐만 아니라, 그와 만나는 것들 및 둘러싼 세계를 달라지도록 한다. 이를테면 「고척동 고모」에 등장하는 '고통'의 반복은 "그녀를 병들게" 하는 것으로 나타나지만, 삶을 살 수 있게 하는 힘의 원천으로 나타나기도 한다. 「고척동 고모의 풍선」에서는 "십자가에 못 박히듯" 죽음에 가까운 아픔을 주기도 하였지만 또한 "해고 노동자에서 노동자로 부활" 하게 하는 숨결 같은 존재로, '고통'은 변신을 반복한다. 이를 통해 '고통'은 부정적이기만 한 것은 아닌 독특한 힘의 원천으로 나타나는 듯하지만, "언젠가 그날이 오면 (여성)은 두고 가도 고통만은 함께 가 줬으면 좋겠다" (「고척동 고모」)는 말을 통해 그럼에도 이 세상에서 '고통'이 사라졌으면 하는 마음을 전하기도 한다. 이렇게 반복을 통해 하나는 동일한 것으로 머무르지 않고, 끊임없이 스스로를 갱신함으로써 그에 잠재해 있던 다양한 힘을 표현한다.

안현미의 시는 반복한다. 돌아오는 것의 존재를 노래하고, 노래를 다시 돌아오게 한다. 「탁구」에서 노래를 마치기 전, 시의 목소리는 "아무튼 K는 돌아왔고 그가 데리고 온 밤은 까마귀보다 검었고"라는 말을 다시 반복한다. 반복은 과거의 한때를 같은 모습으로 되돌아오도록 하는 일과는 다르다. "방금 막 도착한 자정을 향해 튀어 오른 탁구공은 미래로 날아가고 있었다"라는 노래처럼, 반복과 함께 그리고 반복에 의해서 시간이 움직인다. 반복은 잠재적으로 머물러 있던 힘들을 그때그때 일깨우는 움직임이자 스스로를 갱신하는 운동이다. 이러한 맥락에서, 노래를 반복하기에 앞서 단서로 쓴 '아무튼'이라는 말은 체념의 의미가 아니라 나타날 차이들을 모두 긍정하는 마음을 담은 표현이다. 반복과 함께 나타날 일들이 비록 "그가 데리고 온 밤"보다 더 검은 시간이 되더라도 기꺼이 받아들이겠다는 다짐이기도 하다.

다가오는 것들을 긍정하는 일과 함께 미래를 지금 여기로 도래하도록 이끄는 길이 열린다. "방금 막 도착한 자정을 향해 튀어 오른 탁구공은 미래로 날아가고 있었다"라고 노래하는 일은, 그렇게 우리로 하여금 앞으로 나아가도록 하는 힘의 존재를 증언하는 일이기도 하다. 버림받은 것들로 하여금 삶으로 다시 돌아올 수 있도록, 안현미 시인은 반복하여 노래하고 노래를 반복한다. 반복을 사랑하고 사랑을 반복한다. 실패하더라도, 끝내 무너지고 버림받게 되더라도, 시인은 돌아와 다시 사랑을 붙잡을 것이다. 다시 이루어낼 것이다. 반복과 함께 미래의 하양이 여는 길로 노래와 함께 나아갈 것이다.

미래의 하양

2024년 8월 15일 1판 1쇄 펴냄

지은이   안현미
펴낸이   김성규
편집   김안녕 조혜주 한도연
디자인   신혜연 윤덕진
펴낸곳   걷는사람
주소   서울 마포구 월드컵로16길 51 서교자이빌 304호
전화   02 323 2602
팩스   02 323 2603
등록   2016년 11월 18일 제25100-2016-000083호

ISBN 979-11-93412-49-7 04810
ISBN 979-11-89128-01-2 (세트)

* 이 책은 서울특별시, 서울문화재단 '2022년 창작집 발간 지원사업'의 지원을 받아
  발간되었습니다.
* 이 책 내용의 전부 또는 일부를 재사용하려면 반드시 지은이와 출판사의 동의를
  얻어야 합니다.
* 잘못된 책은 교환해 드립니다.